AF110302

www.ingramcontent.com/pod-product-compliance
Lightning Source LLC
LaVergne TN
LVHW021241080526
838199LV00088B/5444

* 9 7 8 9 3 5 8 7 2 0 3 7 2 *

بچوں کی سیکرٹ سروس

(بچوں کی کہانی)

مصنف:

صغیرہ بانو شیریں

© Taemeer Publications

Bachchon ki secret service *(Kids story)*

by: Saghira Bano Shireen

Edition: May '2023

Publisher & Printer:

Taemeer Publications, Hyderabad.

ISBN 978-93-5872-037-2

کتاب	:	بچوں کی سیکرٹ سروس
مصنف	:	صغیرہ بانو شیریں
صنف	:	ادب اطفال
ناشر	:	تعمیر پبلی کیشنز (حیدرآباد، انڈیا)
زیر اہتمام	:	تعمیر ویب ڈیولپمنٹ، حیدرآباد
سالِ اشاعت	:	۲۰۲۳ء
تعداد	:	(پرنٹ آن ڈیمانڈ)
طابع	:	تعمیر پبلی کیشنز، حیدرآباد –۲۴
صفحات	:	۲۰
سرورق ڈیزائن	:	تعمیر ویب ڈیزائن

چھوٹے چھوٹے تین بچے تھے۔ ان کو جاسوسی کہانیاں پڑھنے کا بہت شوق تھا۔ ان میں ایک کا نام عرشی تھا، دوسرے کا نام اعتزاز تھا۔ مگر وہ بہت موٹا تھا۔ اسے سب اس کو موٹا کہتے تھے۔ تیسرے صاحب لمبے اور سوکھے تھے۔ ان کا نام نسیم تھا۔

جہاں یہ رہتے تھے۔ اس محلے میں ایک ہفتے سے مسلسل چوریاں ہو رہی تھیں ایک دن تینوں بیٹھے باتیں کر رہے تھے۔ کہنے لگے ہم لوگوں نے اتنی ساری جاسوسی کتابیں پڑھیں ہم کو چاہیے کہ ایک سیکرٹ سروس بنائیں۔ اس میں فلحال ہم رہیں گے اس کے بعد رفتہ رفتہ اس میں لڑکے رکھیں گے ان کو جاسوسی کی ٹریننگ دیں گے۔ انہوں نے تین سیٹیاں خریدیں۔ ان کو ہری ڈوری سے قمیص کی جیب میں لٹکایا۔ خاکی رنگ کی

قمیص کی جیب پر اپنی باجی سے سیکرٹ ایجنٹ
A.S کڑھوایا۔ آپس میں بیٹھ کر کچھ خفیہ الفاظ لکھے
سفید گلاب کی کلی ۔ انہوں نے جیب میں رکھی تاکہ ایک
دوسرے کو پہچان سکیں ۔ رنگ برنگی سیاہ
بھوری سفید مونچھیں خرید کر لائے اور کام
شروع کر دیا۔ شام ہوتے ہی تینوں اپنے محلے کی
گلی میں مختلف جگہوں پر کھڑے ہوگئے اور
ٹہلنا شروع کر دیا۔

ایک گھنٹے کے بعد تینوں پھر چوک میں اکٹھے ہوئے
اور اپنی اپنی لوکیاں ڈیوٹی بدل لی۔ جب رات کے
گیارہ بجے تو وہ اپنے گھر واپس آئے۔

گھر آ کر کھانا کھایا۔ باجی سے چائے بنوائی اور
میز کے گرد بیٹھ کر باتیں کرنے لگے ۔ ایک ڈائری
خاص انہوں نے اس کام کے لیے خریدی تھی
اس میں آج کی رپورٹ لکھنی شروع کی ۔ موٹا کہنے
لگا۔ نکڑ پر ایک سبزی والا بیٹھا ہے۔ شام کو سب
کی دکانیں بند ہوگئیں ۔ مگر وہ سبزی والا بیٹھا
رہا ۔ اس کے پاس مختلف قسم کے غنڈے سے ٹائپ لگ

آتے رہے۔

نسیم نے پوچھا۔ غنڈے ٹائپ کا کیا مطلب ہے؟
موٹے اعتزاز نے کہا۔ غنڈے ٹائپ کا مطلب یہ کہ
وہ لوگ شکل سے خطرناک لگتے تھے۔ گلے میں لال رومال
ڈالے ہوئے تھے۔

عرشی نے ڈائری میں سے نوٹ کرتے ہوئے کہا
پوائنٹ نمبر ایک کیا سب نے لال رومال ڈالے تھے۔
موٹے نے کہا ہاں! وہ آتے پھر سبزی والا
اس کو ٹماٹر اٹھا کر دکھاتا۔ ضرور کوئی گڑبڑ ہے۔
نسیم کہنے لگا۔ ٹماٹر ضرور ان لوگوں کا کوڈ ہے۔ اب
کل شام ہم تینوں سبزی والے کو چیک کریں گے یہ ضرور
بدمعاشوں کا گروہ ہے۔

عرشی نے ڈائری میں لکھا پوائنٹ نمبر دو "ٹماٹر"
نسیم کہنے لگا۔ ہم لوگ ابھی بچے ہیں۔ اس لیے وہ
لوگ ہم پر خاص توجہ نہیں دیں گے۔ ہم کو بڑی محنت
سے کام کرنا پڑے گا۔ جب بھی کوئی خطرہ ہو فوراً
سیٹی بجا دی جائے تاکہ دوسرے مدد کو آ جائیں۔
موٹا کہنے لگا۔ اور وہ لوگ ہم کو پکڑ کر لے جائیں

اور ہم کچھ نہ کر سکیں تو باقی دوسروں کر کیسے پتا
چلے گا۔

نسیم کہنے لگا باجی کہانی سناتی تھیں ۔ ایک لڑکی کو
ڈاکٹر بچوں کے لے گئے تھے۔ اس کی جیب میں چاول
تھے وہ راستہ میں پھینکتے گئی اس طرح دوسرے
لگوں کو راستہ تلاش کرنے میں مشکل نہ ہوئی
ہمارے گھر میں ڈھیر سارے چپس پڑے ہوئے
تھے ۔ وہ ہم کو چاہیے اپنی جیب میں رکھا کریں ۔ تاکہ
کوئی ایسا موقع ہو تو ان کو پھینک دیں ۔ دوسرے
خدا ان کی مدد سے راستہ تلاش کر لیں گے ۔

عرشی بولا ۔ اچھی ترکیب ہے ۔

موٹا بولا ۔ اب سو جاؤ صبح اسکول جانا ہے
وہاں سے آ کر سکول کا کام بھی کرنا ہے اور شام
کو ڈیوٹی دینی ہے ۔

تینوں جا کر سو گئے ۔ گر ان کو خواب میں بھی سیکرٹ
سروس کے خواب نظر آتے رہے ۔ اگلے دن باقاعدہ
پلان بنایا گیا ۔ نسیم نے سبزی والے کے پاس

اپنی ڈیوٹی سب سے پہلے لگائی ۔ موٹا گلی کے نکڑ پر
جا کر کھڑا ہوگیا ۔ اور عرشی میاں حید نگم چباتے ہوئے
ادھر ادھر ٹہلنے لگے ۔ شام ہوگئی سب کی دکانیں
بند ہوگئیں ۔ مگر سبزی والا اسی طرح بیٹھا رہا، آخر
رات کے دس بج گئے اب صرف بیکری اور حلوائی کی دکانے
کھلی تھی ۔ مگر سبزی والا مزے سے بیٹھا تھا ۔
رات کے ساڑھے دس بجے ایک ٹیکسی آکر رکی ۔ اس
میں سے تین آدمی اترے ان کے گلے میں سرخ رومال بندھے
ہوئے تھے ۔ بڑی بڑی مونچھوں میں وہ بہت خطرناک
لگ رہے تھے ۔ نسیم سبزی والے کی دکان کے نیچے
ہوگیا تاکہ وہ اس کو نہ دیکھ سکیں ۔

سبزی والا تو پہلے خاموش رہا ۔ ایک آدمی
نے اپنے رومال کو بیکری کر جھٹکا دیا ۔ سبزی والا
مسکرایا اور ایک ٹماٹر اٹھا کر ان کو دکھانے لگا ۔ دوسرا
آدمی بولا۔ سیب ٹھیک ہے ۔ سبزی والا بولا اب تک تو
ٹماٹر بالکل ٹھیک ہے سڑے نہیں ہیں ۔
پہلا آدمی بولا ۔ آج کا پروگرام کیا ہے ؟
دوسرا بولا۔ کدھر کا ارادہ ہے ؟

تیسرا بولا : دائیں یا بائیں۔

سبزی والا بولا : دائیں اور بائیں میں آج خطرہ ہے۔ تم ادھر والا ہاتھ مارو وہاں کوئی خطرہ نہیں۔

پہلا بولا : تم نے میری پوری تسلی کر لی ہے۔

دوسرا بولا : خطرہ تو نہیں ہے۔

سبزی والا بولا : میں پوری طرح اطمینان کے ساتھ کہہ رہا ہوں۔ اور کل جو بھی آئی اسے کہہ دینا ٹماٹر نہیں بینگن مانگے۔

تیسرا بولا : بینگن کیوں مانگے۔

سبزی والا بولا : چار دن بینگن ہی مانگنے پڑیں گے۔ چار دن کے بعد پھر ٹماٹر ہے۔ اچھی طرح سے سب کو بتا دیں۔

پہلا بولا ٹھیک ہے۔ پھر تینوں گلی کے نکڑ سے ٹیکسی میں بیٹھ کر غائب ہو گئے۔

گیارہ بج چکے تھے۔ نسیم نے ہلکی سی سیٹی بجائی اور تینوں اکٹھا ہو کر اپنے گھر آ گئے۔ اور اپنی میز پر بیٹھ کر باتیں کرنے لگے۔

موٹا بولا : میں نے ٹیکسی کا نمبر نوٹ کر لیا ہے ۱۱۰۴۔

ہے۔ مگر مجھے تو نمبر پلیٹ جعلی لگتی ہے۔ ویسے ہی لگی ہوئی تھی۔ پہلے تو میں اتارنے لگا تھا۔ نسیم بولا۔ عرشی میاں ڈائری میں نوٹ کرو۔

I. ٹماٹر نہیں بینگن کوڈ ہے۔

II. چار دن کے بعد پھر ٹماٹر کا نمبر ہے۔

III. ٹماٹر سڑنے کا مطلب کیا ہے۔

IV. دائیں بائیں اور اونچا والا کیا ہے۔ عرشی کہنے لگا۔ میرے خیال میں ان لوگوں نے کسی کو پکڑ لیا ہے۔ اور اسے خوب مار پیٹ کر رکھا ہے وہ اب تک مرا نہیں ہے۔ اس کا مطلب یہی ہے کہ ٹماٹر سڑا نہیں ہے۔ یہ ضرور کوئی گروہ ہے جس کی شاخیں پھیلی ہوئی ہیں۔

نسیم بولا۔ ہاں عقل میں تو یہی بات آتی ہے کہ انہوں نے کسی کو قید کر رکھا ہے۔ اور اس پہ ظلم و ستم کر رہے ہیں۔ ہم دیکھو کب تک ان کی تہہ تک پہنچتے ہیں۔

موٹا بولا۔ مجھے تو ڈر ہی لگتا رہتا ہے۔ کبھی ہم کو یہ سبزی والے نہ پکڑ لے جائیں اور مار مار کر ہمارا بھرتہ

بتائیں۔ ساری سیکرٹ سروس دھری رہ جائے گی۔
سیکرٹ سروس میں تو بڑے بڑوں کو ہر وقت ڈر لگا رہتا ہے ہم کس گنتی میں آتے ہیں۔
نسیم کہنے لگا۔ اب بیٹھ کر سوچو دائیں بائیں کا مطلب کیا ہے۔
تینوں کی سمجھ میں کچھ نہ آیا۔ وہ کافی دیر بیٹھے غور کرتے رہے اور پھر تنگ آکر سو گئے۔ صبح اٹھے تو سارے محلے میں شور مچا تھا کہ بیچ والے مکان میں رات چوری ہوئی ہے۔ وہاں شادی ہونے والی تھی لڑکی کا سارا جہیز زیور کپڑے چور لے گئے تھے۔ پولیس آئی ہوئی تھی اور پوچھ گچھ کر رہی تھی۔ وہ تینوں جلدی سے اپنی میز پر بھاگے بھاگے آئے۔
نسیم بولا۔ دیکھا ہم سے غلطی ہو گئی۔ دائیں بائیں سے مطلب اِدھر کے مکان تھے اور اوپر والے سے مطلب بیچ کا مکان تھا۔
عرشی بولا۔ رات ہی یہ بات سمجھ میں آجاتی تو کتنا اچھا تھا۔ ہم رات کو ہی چوروں کو پکڑوا دیتے۔
موٹا بولا۔ پولیس والوں کو سبزی والے کے متعلق بتا

دینا چاہیے۔

عرشی کہنے لگا۔ سبزی والا ہی تو اس وقت ہمارے پاس نمبر ایک پوائنٹ ہے۔

نسیم بولا۔ اس پوائنٹ کو بالکل نہیں کھونا چاہیے جب تک ہمارے پاس پورے پورے ثبوت نہ ہوں ہم پولیس کو مطلع نہیں کریں گے۔ ہم خود اس پورے گروہ کا قلع قمع کر کے چھوڑیں گے۔

موٹا اور عرشی بولے۔ پھر ایک دن ایسا آئے گا ہمارے نام اخباروں میں آئیں گے۔ اور ہم بھی مشہور ہو جائیں گے۔

اب ایک ہفتہ تک انھیں کوئی آتا نظر نہیں آیا۔ ایک ہفتہ بعد رات دس بجے تھے کہ ایک ٹیکسی آئی اس میں سفید داڑھی والا آدمی تھا۔ اترا پھر سبزی والے کے پاس گیا۔ سبزی والا اس کو خاموش دیکھتا رہا۔ بوڑھے نے جیب سے سرخ رومال نکالا اور اس کو جھٹکا دیا۔ سبزی والے نے ٹماٹر اٹھایا۔

بوڑھا بولا۔ ٹھیک ہے۔ سب ٹھیک ہے۔

سبزی والا بولا۔ جناب دکان بہت ہی گرتی جا رہی

جا رہی ہے۔ کوئی گاہک نہیں آتا۔ کیا کروں۔

بوڑھا بولا۔ ٹماٹر بالکل ہی سڑ گئے تھے۔ ان کو پھینکا۔ تم سودا صاف ستھرا لایا کرو۔ ورنہ دام نہیں ملیں گے۔

سبزی والا بولا۔ میں بھی جانتا ہوں۔ آپ نے ہی ٹماٹر لے جا کر غلط طریقے سے رکھے ورنہ وہ تو کبھی نہیں سڑتے۔

بوڑھا بولا: خیر آئندہ احتیاط ہی سے کام لونگا آج اس لیے آیا ہوں کہ تمہاری ضرورت ہے۔ پانی کم آتا ہے۔ آج پانی کی ضرورت ہے۔ کالے بینگن پکیں گے۔

سبزی والا بولا۔ جیسے آپ کا حکم پانی مل جائے گا بوڑھے نے اپنے بٹوے میں سے ڈھیر سارے سو روپے کے نوٹ نکالے اور سبزی والے کو چپکے سے دئے۔ آدھا پیشگی، آدھا کام ہوتے پر۔ سبزی والے نے رکھ لیے۔

بوڑھا ٹیکسی میں بیٹھ کر غائب ہو گیا۔

تینوں نے سیٹی بجائی اور اپنے گھر آ گئے۔

میز پر بیٹھ کر عرشی نے کہا آج بہت ساری کام کی باتیں معلوم ہوئیں۔ اور اپنی ڈائری میں نوٹ کر لیں۔

موٹا کہنے لگا۔ آج بھی ٹیکسی کا نمبر ۱۱۰۴ تھا مگر ڈرائیور بدلا ہوا تھا۔

نسیم کہنے لگا پانی کا کیا مطلب ہے۔ اور کالے بینگن کا مراد کیا ہے۔

عرشی بولا۔ کالے بینگن سے ضرور کسی شخص کا تعلق ہے۔ میرے خیال میں یہ قیدی مراد ہے اور یہ لوگ اسے مارنا چاہتے ہیں۔

موٹا اور نسیم بولے پانی کا مطلب سمجھ میں نہیں آتا۔

عرشی کہنے لگا۔ ٹماٹر سڑنے کا مطلب صاف ہے کہ ان لوگوں کسی خوب مارا ہے۔ اور وہ بےچارہ مرگیا۔ اس کی لاش ٹھکانے لگا لی ہے پتا نہیں وہ کون بیچارہ تھا۔

موٹا بولا۔ میرا بس چلے تو اس سبزی والے کا مار مار کر بھرتہ بنادوں تاکہ اسے پتا چلے کہ مار کیا چیز ہوتی ہے۔

تینوں کافی دیر تک بات کرتے رہے آخر تھک
ہار کر سو گئے۔ صبح جب اٹھے تو اخبار میں پڑھا۔
گندے نالے کے پاس ایک لاش ملی ہے جو کالے کپڑے
میں لپٹی ہوئی تھی اس کا سر غائب ہے۔
نسیم فوراً بولا۔ اوہو پانی سے مراد خون تھا
یہ قتل سو فیصدی سبزی والے نے خود کیا ہے یہ
بڑا خطرناک آدمی ہے۔ اس سے بچ کر رہنا چاہیے
موٹا بولا۔ وہ سفید داڑھی والے نے ہی
قتل کرنے کے لئے روپے دیے تھے۔ "ہم کو پانی کی
ضرورت ہے کالے بینگن پکائیں گے۔
نسیم بولا۔ آہستہ آہستہ ان کے سارے کوڈ
ہماری سمجھ میں آ رہے ہیں۔ اب کے انشاء اللہ ہم
ان کو پکڑوائیں گے۔
اب وہ تینوں ہر وقت سبزی والے کی چوکسی
کرنے لگے۔ سبزی والا بڑا چالاک تھا۔ وہ موٹے کی
حرکت کو بھانپ گیا۔ نسیم اور عرشی بڑے احتیاط سے
اپنی ڈیوٹی انجام دیتے مگر موٹا سبزی والے کے سامنے
سے سینہ تان تان کر گزرتا اور دل ہی میں کہتا بیٹا

تھوڑے سے دن اور عیش کرلو۔ پھر جیل میں بیٹھ کر سبزی بیچنا۔

ایک رات پھر ٹیکسی آکر رکی۔ اس میں سے تین رومال والے آدمی تھے۔ باہر آتے ہی رومال کو جھٹکا دیا۔ سبزی والے نے ٹماٹر اٹھا کر دکھایا۔ ان میں سے ایک بولا۔ دائیں والا ٹھیک ہے۔

ایک آدمی بولا۔ اچھا رات بارہ بجے آؤں گا۔ مال تیار رکھنا۔

سبزی والے نے کہا ٹھیک ہے۔ وہ تینوں آدمی چلے گئے۔ نسیم نے ہلکی سی سیٹی بجائی اور اپنے گھر آگیا۔ آج رات ان تینوں دوستوں نے فیصلہ کیا کہ دائیں طرف والے مکان کی نگرانی کریں گے۔ وہاں نئے کرایہ دار آئے تھے۔ اور ابھی محلہ میں ان کا کسی سے بھی ملنا جلنا نہیں تھا۔ ان تینوں نے مونچھیں لگائیں اپنی دونوں جیبوں میں بہت سارے چپس بھرے کہ ان کا پیچھا کرنا ہے۔ رات کے بارہ بجے دائیں طرف والے مکان کے پاس کھڑے ہوگئے۔ یہ باتیں ہی کر رہے تھے کہ ایک ٹیکسی آکر رکی۔ اس میں سے سبزی والا

اور تین آدمی اترے اور مکان کے اندر چلے گئے ان کو گئے تھوڑی دیر ہوئی تھی کہ موٹا آگے بڑھ کر جھانکنے لگا عرشی اسے منع بھی کر رہا تھا۔ اچانک کسی نے کپڑا ڈال کر موٹے کو دبوچ لیا اور تینوں آدمی بوری لے کر باہر آئے۔ سبزی والے نے موٹے کو اپنے کندھوں پر ڈال رکھا تھا۔ اور موٹے کے منہ میں چیتھڑے بھرے ہوئے تھے۔ اس لئے منہ سے آواز نہیں نکل رہی تھی۔ انہوں نے موٹے کو ٹیکسی میں ڈالا اور لے کر چل دیئے۔ اتنے میں محلہ کے تھانیدار دو سپاہیوں کے ساتھ وہاں سے گذر رہے کہ عرشی اور نسیم نے ان کو سارا قصہ سنایا۔ نسیم بولا۔ وہ ایک بہت بڑا گروہ ہے ہم اسکی نگرانی کر رہے تھے وہ موٹے کو پکڑ کر لے گئے۔ اور بولا۔ موٹے کی جیب میں چپیس ہیں وہ راستہ میں پھینکتا جائے گا۔ اور اس طرح ہم ان کے اڈے تک پہنچ سکتے ہیں۔

تھانیدار نے سپاہیوں کا ایک ٹرک لیا اور جہاں جگہ جگہ چپیس پڑے تھے اسی راستے پر چلتے رہے۔ دریائے کوہ نور کے پاس یہ نشان ختم ہوئے۔ وہاں

ایک جھونپڑا تھا۔ پولس نے چاروں طرف اسے گھیر لیا۔ نیم تھانیدار کے ساتھ اندر داخل ہوا۔ جھونپڑے کے اندر تہہ خانہ تھا یہ لوگ اندر پہنچ گئے۔ اندر کئی آدمی رسیوں سے بندھے تھے۔ ایک طرف موٹا بھی بندھا ہوا تھا۔ تھانیدار نے اپنا پستول نکال لیا اور گرج کر کہا سب لوگ اپنے ہاتھ اوپر اٹھالیں۔ آپ سب لوگ حراست میں ہیں۔ اور سب کو گرفتار کر لیا۔ بوریاں بھی اندر ڈھیر ساری رکھی ہوئی تھیں۔ انھیں تھانیدار نے کھولا تو اس میں نوٹ بھرے تھے۔ وہ سب نقلی نوٹ تھے۔ پولس نے قیدیوں کو آزاد کرایا اور موٹے کو کھول دیا۔ موٹے نے رسی کھلتے ہی دو تھپڑ سبزی والے کو لگائے۔ اور کہنے لگا۔ بٹیا اب تیرے ٹماٹر سڑیں گے۔

نیم عرشی اور موٹا تینوں خوش خوش پولیس کے ساتھ گھر آگئے۔ بعد میں پتہ چلا کہ یہ بہت بڑا گروہ تھا جعلی نوٹوں کا کاروبار کرتا تھا۔ اور لوگوں کو قتل کرتا تھا۔ ان سب کو سزا ملی۔ اور تینوں بچوں کو سو سو روپے تھانیدار صاحب نے انعام دیے۔ پھر ان کے محلے میں کبھی چوری نہیں ہوئی۔

* * *

بچوں کی مزیدار کہانیاں

جادوگر

مصنف: رام سروپ کوشل

بین الاقوامی ایڈیشن شائع ہو چکا ہے